# 江口あけみ詩集

現代児童文学詩人選集 4

てらいんく

もくじ

## 詩篇

### 詩集『街かど』から



### 詩集『ひみつきち』から

詩集『さよなら咲かせて』から



詩画集『角円線辺曲』から



詩集『風の匂い』から

未刊詩集から



## エッセイ篇



## 詩人論・作品論



○とびら写真
広島平和記念公園　原爆の子の像　　撮影・竹嶋弘

# 詩篇

詩集『街かど』から

## 皿

指からすべりおち
鋭どい破片になった皿よ

お前は
歓喜の声をあげたのか

洗剤でみがきあげているとき
ツルリとすべりおち
私の指からのがれようとしたことも

一度や二度ではない

魚や野菜を盛りつけるとき
藤色をしたお前のもようが
不満げに青く光るのを見たこともある

鋭どい破片になって
私を見上げる皿よ

ずっしりとしたその重さのぶんだけ
ことばは　あったのだ
さけびはあったのだ

# スプーン

生きている

まるまった背中で
へこんだ腹で
そうすることで
人の役に立っている

わずかに残るおのれの心
しゃんと背すじをのばせない無念さが
へこんだ腹で
見る者をさかさまにうつすのか

## コップ

透きとおらずにはいられない

# ポット

テーブルの上に
ポットがひとつ
いつでもお湯がつかえますよ
それが
わたしのただひとつの仕事です

## もち

やわらかいからって
私をあまり
いじりまわさないでください

つっぱって　つっぱって
四角くなるのは　いやなのです

ポーッと明かるい
お月様のかたちでいたいのです

# カーテン

お逢いするたびに　わたし
すこしづつ　色あせてまいります

それでもいいのです
お日様の光が好きなのです
強い光が好きなのです

# りんご

カリッ
りんごをかじる
はねかえってくる力

私はりんごよ
私はりんごよ
って、いっているみたい

だから
りんごをかじりながら
私はいってあげるの
りんごみたいな女の子よ、って

## 流れる街

少年の目のなかで街はいつも流れていた
流れの底にとぎすまされた少年の心

ソウサ
ナイタッテ
ワラッタッテ
オコッタッテ
タダソレダケ

消えていく炎
誰もふりむいてくれやしない

しゃ断された空間に
ただよう風せん
動かなくなっていた少年の心

少年は
のぼりつめた階段からとびおりた

## 線香花火

燃えながら
なくなっていくのです

チカチカ　チカチカ
　パッ　ピャッ　パッ

火花と火花とのあいだに
広がるまっ暗な穴

深くて　果てしない
銀河系宇宙につながる
ブラックホール

チカチカ　チカチカ
　パッ　ピャッ　パッ
燃えながら
消えながら

# 青春

あき

あまりにきれいなそらなので
ひらおよぎでいこうとおもった
けれどさびしすぎるので
しろいはなになった

## ふゆ

しろいはなはゆきにうもれて
まっかなこいのほのおをだした
まっかなほのおをひきずりながら
ゆきののはらをかけぬけたら

なつもはるもみえなくなった

# 街

あの若者たちは
どこまで歩いて行くのだろう
あの母と子は
どんな目的地を持っているのだろう
どんな店に立ち寄るのだろう
あの上品な老夫婦は
降りはじめた雪の中を
ひらひらと舞いながら流れていく人びと
私も　ひとひらの雪になり

流れのなかを横切っていく

# 噴水

まっすぐに吹きあげるがいい
満ちあふれてくるものを
おさえることなどないのだ

輝くがいい
光りを受けて

たとえ
それが
誰にも受けとめられることのない
空しいくりかえしであったとしても
落下のための第一歩であったとしても

吹きあげるがいい
まっすぐに吹きあげるがいい

# 川

流れに沿って少女があるくとき
川はハープのように
遠く近く　ささやくように歌いだす

少女は
目を輝かせ立ちどまる
音色をしっかりつかまえようと
ささやくことばを聞きとろうと

流れは
笑い声をたてながら
少女の手からにげていく

まだ無理なのよ　あなたには
私の歌はわからない
私の心はわからない

## 風景

走り去る
窓の外は
緑

溶けていく
私のからだは

風と
緑との
一瞬の出会い

# おしろい花

公園のかたすみに
おしろい花
うすむらさきの
夕やみをのせて

子どもたちの残していった
ざわめきが
ほんのり白く灯っている

## 波

岩の形をよく見ると
波の形をしています
自分を残しておけない
波の
いらだつ心の
形

## ひがん花

母の死を知った
その日から
私は
その花をだきかかえたまま生きている

いちめんの　まっ赤な花

浮子《うき》

なげこまれては　突きあげて
なげこまれては　つきあげて
水面に顔を出す

水面にただよいながら
日がな一日
〃のんきそうね〃などといわれながら
〃そうね〃などと笑いながら
流されている

浮子よ
深い水底へ　落ちつづけて
おちつづけて

確かめてみたくはないか
自分とちがう自分を

# 果物

姉はよく買ってきた
店先にならべられたひと山の
腐りかけた果物を
〝ほら、食べてごらん腐りかけたときが
　甘くて一番おいしいのよ〟

私は黙って見つめていた
黒ずんだ果物を
毎日米代にことかく日々の中で
兄弟四人で分けあう貴重な果物
押しつぶされていく人間に
より人間らしさを感じるのは

腐りかけているからなのだろうか
明日は　姉の二十三回忌
新鮮な果物を供えよう

## 街角にて

いぶし銀のような光をもって
私の心をつつみこむ歴史の逆回転

灰色にくすぶる街角に
歯をくいしばって立つ
私の顔が

あの日
どしゃぶりの雨のなかを
どこまでも　どこまでも
歩き続けた

死んだ街
すてきた顔
思い出の街

つつみこむ光を追いはらいながら
雑踏する
つぎの街角に急ぐ私

# ばら

まっ赤に
重なりあった花びら
ひとひら　ひとひらが
痛みの炎なのか
ばらよ

近づく人を刺しつづけた
するどいトゲが
こきざみに　ふるえている

## 詩集『ひみつきち』から

### 雨あがり

家を　出たまま
かえって　こない
姉をさがしに
おとうとと　ふたり
ぼろぼろに　やぶけた
ばんがさを　さして
ひろい通りを　歩いていた

どこを　どう　歩いたか
そして　どう　なったか
いまとなっては
はるかに　かすんで
おもいだせない

雨があがり
雲間から　さしこむ光
足もとの　黒い土が
キラキラ　きらめいていたのを
おとうとと　ふたり
いつまでも　見つめていた

明日は　姉の末娘の結婚式

ばんがさを　見るたびに
おとうとに　会うたびに
黒い土が
キラキラ　きらめく

## ひみつきち

ほら！
すっぽんぽんの　アッくん
にげてくる
パンツ　はくの　いやだって

ほら！
おしゃまな　ゆきちゃん
かけてくる

あたし　オサカナ　たべないの

五がつの　かぜが
タンスとタンスの

ほそーい　すきまを
ふきぬける
ママのはいれない　ひみつきち

## てるてるぼうず

いくちゃんが
てるてるぼうず　つくったの
あした
げんきに　あそべるように
あしたは　てんきに　なるように

あまがえるさん
ふるふるぼうず　つくったの
あしたげんきに　あそべるように
あしたも
ざんざか　ふるように

たんぽぽ

きいろい　ゆめ
しろい　ゆめ
母の　ゆめ
わたしから　生まれる
あたらしい　いのち

風が　はこんできた
お日さまからの　プレゼント

# 風

風が
ぼく　めがけて
ふっとんでくる

ぼくは
グングングングン
風をおす
風も
まけずに
おしてくる

ぼくは
からだじゅうが

あつくなり
グングングングン
つよくなる

グングングングン
風を　おす
風も　まけずに
おしてくる

まけるもんか
ぼくだって

# にわか雨

空の　むこうで
おおきく　はじけた
はじけた　破片が
とびちった

ぼく
にげようか
にげまいか

ずぶぬれになって
あるいていこうか

あたりいちめんの
しぶきのなか
魚になって
泳いでいこうか

# 秋晴れ

秋晴《あきば》れの　日には
すいすいと
街に　でよう

東京タワー
サンシャインビル
新宿のノッポビル
できるだけ
空のちかくにいこう
秋晴れの　空を
見にいこう

## 風船

わたしは
顔だけになって
空に　浮いています

わたしの自由に
ならない
わたしの身体は
地球に
おいてきました

# 息子よ

つかまりだちして
はじめて　あるいた　おまえ
わたしにむかって　あるいてくる
クリクリとした目
風にまわる　風車《かざぐるま》のような

よろよろと　さいごのひとあし
つきぬけるような
明るさを　もって
わたしの　胸《むな》もとへ　すべりこむ
おまえ

ことばにならない
おまえの　ことばは
花びらになり
うすべにいろの　宇宙《うちゅう》をつかむ

# しゃぼんだま

ちいさな　くちから
ふっと
はきだされる
しゃぼんだま
わたしの
ためいきに　にて

いろ　とりどり
おおきいの
ちいさいの
うつしだされる
ちいさなけしき

おまえの　まわりを
ふわふわと　とりまいて

わたし
きれいだな　と
おまえを　みつめています

ちいさな　くちから
また　ふっと

## くさりのように

落ちるものが　あれば
うけとめるものが　ある
流れるものが　あれば
沈むものが　ある

街中を流れる　濁《にご》った小台川《おだいがわ》
腐《くさ》りかけた　猫の死骸《しがい》が落ち
とられないままの
いちぢくや　柿の実が　浮かぶ

どなり声が　あれば
すすり泣く声が　ある
街中を流れる　よどんだ小台川

太陽をもとめて伸びる　つたが　あれば
それを　からませる柱がある
くさりのように
からまり　よじれて
もたれあう
あなたがいる
わたしがいる

悲しみも　よろこびも
うけとめ　ゆっくりと流れる小台川

# 駅

大きな街の
小さなホームに　わたしはいる
飛鳥《あすか》山の　桜の花びらが
王子駅の大きな駅ごしに　舞ってくる

風が　吹くたび
小さなホーム　いっぱい
あわい染《そめ》井《い》吉野《よしの》の花びらが
ふりしぶく

小さなホームに
早稲田から都電が入ってくる
三ノ輪から都電が入ってくる

大きな街の　小さなホームの
ひとつしかない　ベンチに
夢のように
わたしは　いる

# 雑草

どこへでも　もぐりこみ
したたかに　根を広げ
手強く　つっぱる
おまえ

やさしく　はにかみ
めだたぬ花を
ひっそりと　咲かせている
おまえ

わたし
おまえとなら

いっしょに
生《い》きて　いかれそう

# ことば

こころは
ことばに　ひきずられて
ことばは
こころを　あざむきながら
ひとと　ひととを　むすぶ
わずかな　すきまを
いきつ　もどりつ
ことばは
ひとりで　あるきはじめる
ひとりで
あるきはじめた
ことばの　かげで

とりのこされていく
わたしが　いる

# 何かが

――わかる　わかる
　わかるような　気がする――
いってしまってから　いつも思う
ほんとうに　わかったのだろうか
心のそこから　ほんとうに

――わかる　わかる
　わかるような　気がする――

この　ことばに　さえぎられ
見おとした　だいじなものが
わたしの　まわりを

キラキラ　光って
とびまわる

## さくら

あなた
気がついて　くれましたか
ほおを　そめて
咲いている　わたしに

あなた
かたを　かしてくれますか
散りながら
あなたの　もとへ
かけよる　わたしに

# 五月

いま　わたし
五月の風に　むせています
目的なんて　なにもないのです
生きていく　ということは

なにかを　ふりすてて
いくことなのです
きょうを生きる　ということは

若葉　青葉の　山頂で
いま　わたし
五月の風に　むせています

# 少女

少女の心は　いつも自由
すきと　思えば
どこまでも
人の心に　とびこめる

いやと　思えば
爪を切り落とすように
人の心を　切りすてる
少女の心は　いつも自由

少女の身体を
涼しい　せせらぎが

音をたてて　流れている
少女は
まだ
人を愛したことがない

それぞれに

どこまでも
はてしなく
とおく
ひろがっている
八ケ岳《やつがだけ》の空

かぎりなく
ちいさく
●になっていく
わたし

高原の風が
やさしく　吹きすぎる

空と
風と
わたしと
八ケ岳の
秋の一日

朝やけ

八ケ岳の空が　もえている
雲が　あんなに光っている

あの
空にだって
人に知られたくない
凹みがあるんだ
—きっと—

あの
雲だって
あるとき　ふっと
空の凹みに

おちこんでしまうときがあるんだ
―きっと―

そんなときなんだ
　空が　あんなに燃《も》えるのは
　雲が　あんなに光るのは

## 旅に出よう

ひとりで　旅に出かけよう
ひとり旅は　さみしいけれど
もうひとりの　わたしと話ができる
わたしのこころに　むかいあえる

ひとりで　旅に出かけよう
ひとり旅は　さみしいけれど
ひとりで汽車にのりこめば
窓の外の　景色になれる

ひとりで　旅に出かけよう
ひとり旅は　さみしいけれど

あっちの街角　こっちの街角
生きてるあかしを　きざんでいこう

いつか　きっと
さがし歩くときがくる
ひとりで歩いた　旅のみち
あの街　この村　あの山　この海
もうひとりのわたしの　足あとを
ひろいあるく　ときがくる

## たんぽぽ

あなたは
うぬぼれやさん
かぜも
たいようも
ゆきも
みんな
じぶんのためにあるような
すこしぐらい
いやなことがあっても

しらんかお
しらんかお

# いちょうの葉

きいろいりぼん
ひらひらりぼん

であえたら
むすぼうね
にまいのはねで
きいろいちょうちょ
むすんだら
とぼうよね

ひらひら　ひらひら
いちょうの葉

かぜといっしょに
そらのたび

であえたら
むすぼうね

## トマト

赤い色は
太陽の力さ
太陽って
ぼくに
にてるだろう

## 玉ねぎ

どうして
泣いているの
愛情をこめて
メッセージを
送ったのに

# のり

ペタベタ
あの子とこの子
この子とあの子

やぁーねって
にげないで

ほんとは
くっつけて
ほしいでしょ

## ホチキス

ちょっといたいでしょう
それぞれの
主張もあるでしょう
けど　まあ　この機会に
ひとつに
まとまってみませんか

# 春

菜の花
すみれ
れんげ草
椿

とりどりの花が
からだの中に
咲いていく

大きな声を
張り上げたい
霞んだ空が苦しい

なんだかよくわからない
きのうとちがう
わたしがいる

## さよならⅣ

ひとのこころをかりていきる
さびしがりや
すっぽりと　ひとのこころにはいりこみ
そのくせ　すぐににげだす
さびしがりやのやどかり

## さよならV

またひとつ
さよならのかみふうせん
たかくとべよ
おちるなよ

てからてへ
うけとめられて
かなしみひとつ
かみふうせん

# さよならⅥ

ぽろん　ぽろ　ぽッろ
ひとつずつおとしていく
かいだんをひとつのぼるたびに

　　　さよなら
　　さよなら
さよなら
　いろいろな
　　おとがして

ぽろん　ぽろ　ぽッろ
どこかで　だれかが
うけとめている
さよなら

## さよならⅦ

すくいあげるそばから
こぼれおちていくさよなら
ひきとめることのできない
さよならを
いくつもいくつもみおくって
それでも
なお
さよならをくりかえす
わたしとあなた
あなたとわたし
さよなら　と　さよなら

# おはじき

道端のコンクリートの上で
おはじきしているお母さん

赤・青・紫
まあるく透けた
小さなガラス

白い日差しが
お母さんのまわりにだけ
集まって

おはじきの
かすかに
はなしかける声が聞こえてくる

## 菜の花

菜の花になって
みませんか

たくさんの仲間と
きいろいジュータン

風といっしょに
おどります

まっ青な空は
友だちです

## 白い夏

線路のわきに
濃い緑をしげらせる
雑草

車輪をきしませ
雑草をなぎたおし走る
電車

からだを大きく波うたせ
すっくと立ちあがる
雑草

したたかに
さわさわと
ゆれている

白い夏の陽なか

円

ほら!
投げましたよ
透きとおった
やさしさ
拡がっていく
こだま

重なりながら
はなれながら

楕円

わたしは　トラック
を　走るかんせい
そらが高い

わたしは　リンク
を　滑るかんせい
ライトを映す

## 扇形

ひらひら
ひらひら
二枚むすんで
黄色いちょうちょ

ひらひら
ひらひら
旅するかぜの
黄色いりぼん

## 平行線

結ばれたときの
エネルギー秘めて
どこまでいくの
交わることなく

# 三角形

どんなに　ころがっても
一つの辺で　立ち上がる
その姿は　凛々《りり》しい

逆立ちしても
おまえの
かたち

## 長方形

寝そべってみる
空は　大きくて
果てしなく……
立ちあがれって
いわないで

## 台形

おおらかで
どっしりして

小さいものを
大きいものが
支えているんだね

頼りになる
君って素敵

## 立方体

四角六面
ころがって
裏舞台
見え隠れ
出たとこ勝負の
カスミドリ
開き直った
突っ張った

# 球

塞いでしまった
じょうねつ

どうすることも
できないまま

湧き出る深さ
抱えて

中心に
むかう重さ

## 円錐

中心に
引っ張られているけれど
探して探して
ひとまわり
取り残されたり
浮かんだり
一人芝居の
スポットライト

円柱

突き伸ばす精神
滑《なめ》らかな表情は
天空をめざす

# 三角柱

人には見せない
うしろむき

中を覗けば
万華鏡

色紙つくる
無限のあそび

あそんで居るのは
わたしだけ

詩集『風の匂い』から

スプーン

へこみ一杯《いっぱい》
すくいあげて下さい
それが私《わたくし》にできる
たったひとつの
愛の証《あかし》なのです

III

もちろん
うつむくことも知っています
でも　いつ
粉々になってしまうかも知れない
命の
形

おおらかに
空を仰《あお》いでいたいのです

## グラス

わたしを
にぎりつぶしても
いいのですよ
あなたの
まっ赤な血潮《ちしお》を
ほんのすこしだけ
いただけるのなら

# 千枚通《せんまいどお》し

貫《つらぬ》くこと
大切だとは思いませんか
貫くとは
傷《きず》つけることですわ
串刺《くしざ》しにした
相手を
受け入れることですわ
私《わたくし》の彼《かれ》ですか
もちろん
傷　傷　傷だらけですわ

貫くとは
傷つけることですもの

## 春

はねを　しずかに
とじたり　ひらいたり
モンシロチョウ　みつけたよ
なのはなばたけで
とっくんちゅう

はねを　しずかに
とじたり　ひらいたり
モンシロチョウの　ねがいごと
わたしが　とぶのを
ずっと　ずっと　みていてね

りょうてを　しずかに
とじたり　ひらいたり
モンシロチョウと
おはなしちゅう
なのはなばたけで
おはなしちゅう

## 虹《にじ》

私の時間は
かたつむりのようであればいい
しめったあじさいの葉の上に
ぴったりとからだを寄《よ》せ付《つ》け
移《うつ》ろい行く花の色と
共に　あればいい

地上に　とりのこされた
かたつむりの殻《から》が

虹のように
光を　浴びている

## グッピー

グッピーはね
ちいさな　ちいさな
おさかな　なんだよ
おびれがスカートみたいにひろがって
おねえさんのドレスみたいにきれいだよ
フラダンスみたいにね
ひらひら　ひらひら
おびれを
みせびらかしておどるんだよ

# ネオンテトラ

ちいさな　ちいさな　からだだけれど
じまんの　あかとあおのツートンカラー
おっと　どっこい
ネオンテトラといっても
ネオンじゃないよ
れっきとした
おさかなさ
じまんじゃないけど
ネオンみたいにひかるんだ
おっと　どっこい
なにをかくそう
ネオンテトラとは
ぼくのことさ

## アロワナ

どけどけ　どけどけ
アロワナさまのおとおりだ
シルバーのほそながいからだで
すいそうのはしからはしまで
スイー　ひらり
スイー　ひらり
じまんのひげもたくましく
めだまするどく
ギロリとまわし
どけどけ　どけどけ
アロワナさまのおとおりだ

## エンゼルフィッシュ

ひしがたのからだに
すっとのびたせびれをひろげ
むなびれを　ひげのように
ゆうがにのばし
エンゼルフィッシュは
すいそうをまう
ちょうちょだよ

# くらげ

人を評《ひょう》して
骨《ほね》があるとかないとか
骨のかけらもない僕《ぼく》は
さしずめクラゲということか

あっちに　ふらーり
こっちに　ふらーり
夢《ゆめ》を見てるような
見ていないような

ぷー太郎《たろう》と言われようが
邪魔《じゃま》者扱《ものあつか》いされようが
浮遊《ふゆう》するこの感覚は捨《す》てがたい

魚座《ざ》のあなたは
水のあるところに棲《す》みなさい
きっと　幸運にめぐまれるでしょう
街角の占《うらな》いで言われた
幸運があるかどうかは
疑《うたが》わしいが

あっちに　ふらーり
こっちに　ふらーり
よるべない身よ寄《よ》ってこい
さびしいこころよ寄ってこい
ちゃぷん　ちゃぷん
ちゃぷん　ちゃぷん

# 朝

水平線が
はずかしそうに
あかく赤く染《そ》まっていく

始まるということは
出会うということは

染まったり?
染められたり?

それが　また
ちょっと　はずかしくって
いっそう赤く染まっていく

おはよう！
おはよう！
ときめきの朝

はじまりの

さあ　幕《まく》を開けよう
これから何がはじまるか
舞台《ぶたい》は、あなたの心模様《もよう》
始まりの鐘《かね》が鳴る

舞《ま》い上がるのは翼《つばさ》を捨《す》てた天使と悪魔《あくま》
止め置かれた地球の上
風に吹《ふ》かれて浮遊《ふゆう》する
月を母に　太陽を父に持ちながら

天使は明るみにまぎれ
悪魔は暗闇《くらやみ》にまぎれ
姿《すがた》をくらます

天使と悪魔は
かくれんぼ
人間の子どもとかくれんぼ

天使は暗闇にかくれ
悪魔は明るみに紛《まぎ》れ込《こ》む

手招《てまね》きして悪魔は呼《よ》ぶ
坊《ぼう》や　ほらほら　こっちにおいで
あたしといっしょに遊ぼうよ

暗闇の天使は知らん顔
泥《どろ》んこ遊びに熱中してる

人間の子どもは
探《さが》しあぐねて
見つける相手を取り違《ちが》える

月は湖になり
太陽は森を燃《も》やす炎《ほのお》となって
地上に残した我《わ》が子を探す

さあさあ
そろそろ幕を下ろそうか
終わりの鐘が鳴っている

舞い上がるのは翼を捨てた
天使と悪魔
地球上を浮遊する

## いのち

なにかが　おわるときがすき
なにかが　はじまるときだから
なにかが　はじまるときがすき
なにかが　めばえるときだから
なにかが　めばえるときがすき
いのちが　もえだすときだから

## 夢《ゆめ》

ひらひら　ひらひら
しじみちょう

手をさしだすと
光の淡《あわ》いに　きえていく

つかまえようにも
つかまえられない

淡い夢の
しじみちょう

また　ひらり
また　ひらり

つかまえようにも
つかまえられない

淡い　わたしの
夢の舞《ま》い

# ぼくひとり

いいじゃないか
はぐれ者で
自由な心でいたいからさ

いいじゃないか
はぐれ者で
いっとき
だれかに
わすれられていたってさ

いいじゃないか
ぼく　ひとり

まっ青な空が
目にしみる
いいじゃないか
ぼく　ひとり

# 帰り道

ポリバケツのゴミ箱から
お弁当《べんとう》の残りを
手づかみで食べている
おじさん

お腹《なか》をこわさないだろうか
病気にならないだろうか

ボロボロの服を
からだに巻《ま》きつけ
赤茶けて　からんだ
のびほうだいの髪《かみ》の毛
でも　澄《す》んだ目をしている

なにか話しかけてみたかった
冷たい風が吹《ふ》く道に
わたしは
どきどきしながら立っていた

# 日記

押入《おしいれ》の奥《おく》で見つけた日記帳
白茶けた表紙に　かすれた文字

日記の中から　私《わたし》を見てる
蒼白《あおじろ》い顔に
キラリと光る目を持つ少女

少女には何もわからなかった
自分のことも　人のことも
どう　生きたらいいのかも

何もわからないまま
言われるままに　素直《すなお》に生きて

そうすることがいいことなのだと
時間の空洞《くうどう》を下りていく私
—やっと　会えたね　私の遠い日の忘《わす》れ物—
—何も変わっちゃいない私の忘れ物—
まばゆい真昼の散歩にでかけよう
蒼白い顔の少女を抱《だ》きしめて

# 証《あかし》

少女は気づいているだろうか
存在《そんざい》し続けることの不思議を
崩《くず》されては　生まれ変わり
生まれ変わっては　崩される
記憶《きおく》の中に築《きず》かれていく
思い出の幻影《げんえい》

はっ　と　気づくと
振《ふ》り向いた少女の黒髪《くろかみ》が
白髪《はくはつ》に

交差する一瞬《いっしゅん》の記憶
その頼《たよ》りなさを
抱《だ》きしめられないままの
少女の幻影

# 音

音　すみえのような　雪景色の中
ないているのかな
さけんでいるのかな
きえていくよ　音

音　まっ青な空に　すいこまれていく
どこへいったの
もどっておいで
きえていくよ　音

音　遠い山並《な》み　ずっとずっとむこう
うたっているね

こだましているね
いきているね　音

## おどる

うみべで
しょうじょは　ダンスをおどる
なみ　おしよせる
　いっぽさがる
なみ　ひいていく
　いっぽすすむ
うみを　かかえて
しょうじょは　おどる

あいてに　あわせ
じぶんに　あわせ
ひいたり　よりそったり
ぶつかったり

しょうじょは　おどりながら
しっていく

ひとと　ひととのかかわりを
ひとと　ひととのつながりを
あいてに　あわせ
じぶんに　あわせ
ひいたり　よりそったり

うみを　かかえて
しょうじょは　おどる

## シーソー

シーソーの
両端《りょうはし》に
微笑《ほほえ》みあう
あなたとわたし

二人の距離《きょり》の
なんとまぶしいこと

あなたがうえに　わたしがしたに
あなたがしたに　わたしがうえに

近づけば
ジェラシー
身を焦《こ》がすわ

あなたがうえに　わたしがしたに
あなたがしたに　わたしがうえに
陽炎《かげろう》がゆれて
心がゆれて
傾《かたむ》いていくシーソー

# 夕焼け

少女が
白い雲になって
のんびりと
ゆったりと
浮《う》かんでいる

はにかみながら
はじらいながら
夕日の色に
染《そ》まっていく

あかね色の
じぶんと

むかいあう
少女

夜
うすむらさきの
薫《かお》りをのこして
少女は
娘らしくなっていく

# 箱

毎日、箱をつくっています
和菓子《わがし》を入れる箱
ケーキを入れる箱
それが私《わたくし》の仕事です
中身がなくなれば
ポイッと捨《す》てられてしまう箱です
でも　それが
私の仕事です

昨夜、夢《ゆめ》を見ました
箱が出来上がったのです
私を入れる箱が
ハートの形を縁取《ふちど》った

夢を詰《つ》め込《こ》む
茜《あかね》色の箱です

ところが
どこを探《さが》しても
入るはずの
私がいないのです

# 桜

石神井川《しゃくじいがわ》を覆《おお》った
薄紅《うすべに》色
妖《あや》しさとしか
いいようのない
それは
燃《も》えるような空間

老いるほど
激《はげ》しく咲《さ》くという
桜
黒々とつづく
象の足のような桜並木《なみき》

散り積もった花の下
這《は》いつくばった根が
限《かぎ》りなく
根別れくり返し
闇《やみ》の中でうごめき

薄紅色の
花びらを
口に含《ふく》んで
花吹雪《ふぶき》のなか
火照《ほて》るからだを
そよがせる

# 天の一角

灰色の雲が崩《くず》れる
噴煙《ふんえん》を上げる火山
たちまちのうちに
廃墟《はいきょ》の噴火口に変わっていく
灰色の雲が風にちぎれる
真っ青な湖がのぞく
つかのまの静に
白い雲の道が走る

風景だけが生き続ける
天の一角

そこに
わたしは
自分の椅子《いす》を置く

# 突《つ》き刺《さ》す

突き刺す
その　先端《せんたん》で
串刺《くしざ》しになるもの

たとえば
どうしようもない
地球

突き刺しているのは
浮遊《ふゆう》しつづける
わたしとあなた

串刺しになった
地球に
ぶらさがるわたし

帳《とばり》は夏の

蚊帳《かや》の中で　寝息《ねいき》を立てる子どもたち
近くにどぶ川が流れ
家の前に持ち出された縁台《えんだい》では
蚊《か》をたたく団扇《うちわ》の音

子どもはむっくり起き上がると
器用に蚊帳の裾《すそ》をめくりあげて
縁台の横を通り過《す》ぎ
外の道を歩き出す

「どこへいくんだ」
縁台に座《すわ》っている大人が声をかける
子どもは

「家に帰らなくっちゃ」　と
夢《ゆめ》と現《うつつ》の
闇《やみ》を一回り

また　器用に蚊帳の裾を持ち上げて
すやすやと寝息を立てる

都会の片隅《かたすみ》
粗末《そまつ》な木造《もくぞう》の一軒家《いっけんや》
玄関《げんかん》も窓《まど》も開け放したまま
夜も更《ふ》けて
大人たちもやがて蚊帳の中

帳は夏の　闇深く
「どこへいくんだ」　のことばだけを
遥《はる》か彼方《かなた》から響《ひび》かせる

# 遥《はる》かな空

見えない心をさぐるように
人は空を見上げる

夕映《ゆうば》えの街に
流れる雲に
人は何を問いかけるのか

ときに
銀色の翼《つばさ》を光らせて
遥かな深みに
消えていく
飛行機

何かの
約束ごとのように
いつまでも
消え残る
飛行機雲

果てしなく
膨《ふく》らんでいるといわれる
宇宙《うちゅう》

街も
空も
人も
ほのかに燃《も》えて

## 四月

さまよい始める
魂がある

腕が宙に舞う
鳥になりたい？
ううん、何になりたいんだか
足が跳ねているよ
うさぎ？
泣きはらした赤い目

泣いてなんかいない

三月に別れて
四月になると
新しい階段を一つ登らなければいけないから
私とそっくりな人形《ひとがた》を
また造らなければ

# 五月

ふわふわと地面に足のつかない自分の生き
様を思うとき、場面ごとに切り取って画枠
にはめ込めば　宙ぶらりんの私の足を見せ
なくてすむ　そしてそこに収まった私を
まるで　他人のように　眺めていられる

あなたは　それでもいいの？
どこかで声がする

はなみずき？
それとも　吹きすぎる風？

## 六月

雨の音って
私を隠してくれる
包まれてるって感じ

川面に雨粒
雨の踊り子ね
くるくるひろがって
こだまみたい
花火かな?
音　見えるのね
翼ある?
自由なの?
行きたいとこどこなの?

かなえられるのね
強く望めば
そうそう　強く望めば

## 七月

影が消える
太陽は真上

私の臭いのする汗
髪の毛　額　首筋

潮の香り?
血のかおり?
産声を上げたときの

私の身体
泣いているの?

# 八月

空は青い陽炎のように燃え
麦わら帽子をかぶった私は
足を水につけ

足はくすぐったそうに
ゆらゆら笑う
両手に掬い上げた水は
私の喉で一休みすると
身体のなかを流れていく

何をしているんだろう?
私　ここで

ああ　ひまわりは
なぜあんなに燃えていたんだろう

九月

おお　実るものよ
お前の中で
いくつの種子が醸されたことか

孤独であることの喜びを
悲しみであることの歓びを
お前は
どのように獲得したのか

素直であることをお人好しと言われ
信じることをバカといわれ
ただ立ち尽くすだけの
お前の頭上で

おいでおいでをしていたかい
空は
計り知れない深い蒼で
手招きしていたかい
空は

おお　実るがいい
香るがいい
空に抱かれて
……
いま　在るのだから

## 十月

雨が降っている
大地は限りなく水を飲み込む

どうしてこんなに
際限なく
降り続けるのだろう

足元をぬらし
冷たくさせる
稔りをつれてくる
秋の雨

稔ることは
ステキなこと
「あ！」
わたしは小さな声をあげる

稔ることは
種を育むこと
終わること……

雨は限りなく降りつづけ
大地は限りなく渇きつづけて

## 十一月

ふりつづける
ふりつづける
あれは　炎　黄色い炎
ぱらぱらとおちつづけ
やむことなくおちつづけ
黄色い炎はあしもとをかざり
目をはなせない炎の舞
ただ　ただ　いつづけ
みいるだけ
炎のいちょうの木の下で

## 十二月

あなたの魂のなかを
通り抜けているように
雪明りの道を歩いています

## 一月

土の中ふかく埋め込んだ
新しい年
どんな芽をだし
どんな葉を繁らせ
どんな花を咲かせるのだろう

舞っている雪が
髪にとまり
肩にとまり
掌に溶けていく

溶けていく雪のように
頼りなく仄かで……
まっさらなわたしの
まっさらなはじまりは

# 二月

なんてきれいな空
一日中
窓を叩き続けた北風の
置き土産？

わたし聞いていたわ
激しい唸りの飛び交うのを

群れて進む魚のように
かたまりになった風の
言葉にならない言葉を

泣いているのか
怒っているのか
わたしにはわからなかったけれど

飛立っていったのね
宝石のような夜空をのこして

## 三月

むらさき
きいろ
しろ
あお
ピンク
あか
もちろんみどりも
見てみてって背伸びして
競い合いなの?
三月のお花
パワー全開ね
むんむんして
むせかえってるって感じ

きれいよ　とっても
そこの
あなた
あっちの
あなた
あそこの
あなた
あら　すぐそばの
あなたも
ほら　いま揺れた
あなた

きれいよ
いっぱい　いっぱい咲いて

# エッセイ篇

# 遊動円木

今は、あまり見かけなくなったが、昔は、どこの児童公園にも、遊動円木というものがあった。両端を、くさりでつって、固定した丸太を、前後にこいで遊ぶ遊具である。数人の子供が、丸太にまたがってこぎ始める。

丸太のゆれがはげしくなるにしたがって、一人落ち、二人落ち、最後の一人が落ちるまで、そのゲームは続く。つかまる所といったら、はげしくゆれる丸太しかない。丸太が前に、突き出す時、丸太をおさえるように、両手をうしろに置く。うしろにいく時は、前に手を置く。それがなかなかむずかしい。ゆれがはげしくなるにしたがって、ゆれに呼吸を合わせて、手を前後に置き変えることが、恐ろしくなってくる。それは、まるで、ロデオで、あばれ馬を乗りこなすカウボーイである。最後まで残った子供は、他の子供たちの喝采をあびる。

目だたない、おとなしい子供であった私なのに、どういうわけか、遊動円木が、得意だった。そして、いつも、最後まで残ったものだ。思うに、それは、私の心の中にずっと、持ち続けていた、ある執念の原形のようなものだったのかも知れない。その原形に向かいあう時、私に詩心が訪れるような気がする。

『少年詩論』一号　一九八九年

# ごきぶりさん

まっ暗なアパートの電灯をつけると部屋の隅を、さっと横切る黒い影、ごきぶりさんである。私のいない間思う存分部屋の中を歩き回っているのだろう。私が帰ってくると、遠慮がちに部屋の隅を歩く。目の隅をちょろちょろと横切るのを感じながら、ちょっと気味はわるいが、なにかおかしさがこみあげてくる。だいたい私はごきぶりが大嫌いである。打ちのめすことさえも気持がわるく、よほどのことがないと殺すこともなく、ただ息をひそめて通り過ぎるのを見送るか、逃げ出してしまうか、どちらかだった。私がいやな思いをして殺さなくても誰かが殺してくれるだろうという思いがあった。が、一人で生活をはじめてみるといくらいやな気分になっても自分で殺すほかはない。気持悪い思いを、ぐっとこらえてごきぶりをたたきのめす。私にしてみたら生きるか死ぬかの思いで打ちのめすのである。だが不思議なもので、そうした時、ごきぶりに対して連帯感が湧いてくる。私もおまえも同じだな、からだを張って生命を張って生きているのだなと考えてしまう。

生きていくということは真剣勝負であり、自分が倒す方になったり、倒される方になったり。どちらが悪いわけでも善いわけでもない、結果がどうであろうと一生懸命に生きた結果であり、怨みごとをいったり憎みあったりしている暇はない。たった一度しかない人生、今この瞬間は二度と来ないのである。その今を大切に生きていきたい。

今を生きるということは私にとって詩に向かいあうことなのだ。それは自分の生き方を模索することでもある。さらに欲張りなことに人にも自分の生き方をわかって欲しいのである。ここは私が見つけた私のお城、ごきぶりさんに明け渡すわけにはいかないのである。

『少年詩論』三号

## さとし君

勤め先の社長のお宅へ伺ったときのこと。お孫さんの、さとし君が、カメラを持ったお父さんにしがみついて泣いていた。妹の香奈ちゃんとお母さんが、ならんで写真を撮り終わったところなのだそうだ。

「だから、早くおいでといっただろう。ほら撮ってあげるから香奈子の横にいきなさい」

お父さんは困った顔でそう言うのだが、

「やだやだ、さっき、撮ってほしかった」といってさとし君は泣き続けた。馬鹿なことをいうんじゃないとお父さんはさとし君を怒鳴りつけている。

さとし君にしたら、あそこからここへ何かを持ってくるように、〝さっき〟だって〝今〟へもってきても不思議はないのだろう。それができないという事が納得できないのだろう。

大人にどんな説明ができよう。

〝さっき〟と〝今〟をくり返し、さとし君が自分で知っていく他ない。後悔したり悔やんだり〝さっき〟は決して〝今〟には還らないのだということを。

私はさとし君を抱きしめたい衝動にかられた。時は決して人の自由にはならない、流れを止めることもさかのぼることもできないのだ。時は手強いものなのだ。大人の私はそれを知っている。

過去、現在、未来と、時の流れをとらえられたとき、初めて、自分も人も見えてくるのだろうか。さとし君と同じ切なさと、悲しみが、時間を自由に行き来できる文学、詩を私に書き続けさせてるのではないだろうか。

『少年詩論』四号

## ミニ詩集「ふたぁり」からミニ通信「あ」へ

逢うは別れのはじめとか、考えてみますと、人は皆「さよなら」と、隣り合わせに生きているのではないでしょうか。形あるものは必ず滅びるという、いつの頃からか、その思いはずっと私の心にはりついて動きませんでした。

ずいぶん遠い昔、初恋に破れた時、というより、もともと心にあったものがその時初めて認識として私に位置付けられたのかも知れませんが……、人との出会いの中で、どんなに幸福で絶頂の時でも、その後に別れをみてしまうという悲しい習性が身に付いてしまったようです。それと共に人には何も求めるのはよそう、たとえ愛であっても、求めたものもいつかは終ってしまうから、そして、それはとても悲しいことだから、こんな悲しいことにもう出会いたくないから、それと同じように私もまた、人には何もしてあげられない、してあげたとしても、それがずっと続くことはないのだから、悲しみを残すばかりだからといった思いに捕らわれ続けてきました。それはたまらなく悲しく、むなしいことでした。生きていられるのが不思議なくらいでした。その私が今日まで生きてこられたのは、私の虚勢、突っ張りであり、開き直りでもあったような気がします。

そんな私の暮らしの中で、詩は応援歌であり、さらには恋人、人生の伴侶にまでなっていました。

その思いを何かの形に現そうと、始めたのがTさんと二人の季刊詩集「ふたぁり」でした。一生続けるつもりで始めた小さな詩集でしたが、結果的には、八号で終ることになりました。夢中で過ごした二年間、いろいろな人との出会いが有り、最高に充実を感じられた二年間でした。

そして、もう一つ私が知ったことは、一人で孤独に向きあわなければならない詩の世界でさえ、人とのかかわりの中であるもの、詩もまた、人とのかかわりの中で生かされもし、死ぬこともあるのだなーという思いでした。そして自分では純粋に詩を愛し、向かいあっていたつもりだったのですが、いつの間にか、ごく小さな回りの人の思惑を、必要以上に気にするようになっていた自分に、気が付きました。それに気が付いた時、もう一度、純粋に素直な気持で、詩に向かいあおうと始めたのが、ミニ通信「あ」です。「ふたぁり」にかけていたすべての情熱を消し、たった一人になったとき、詩にも自分にも挫折を感じていました。そんな中で、生きようとする知恵でしょうか、長い間こだわり続けていた、人には何も求めるのはよそうという思い込みが、かさぶたが落ちるようにポロンと私の心から落ちていったのです。これからは、人にいろいろな愛を求めよう、苦しい時には素直に助けを求めよう、そして私もそれに答えようと思いました。求めよさらば与えられん、というのは本当ですね、そう心に決めた時、幸福なことに、愛する人にめぐり遇えたのですから。おしみなく愛をもらえて、おしみなく愛をあげられる人との出会い、共に生きていくことの幸福を初めて知りました。今を精一杯いとおしみながら、じっくりゆっくり生きることも知りました。詩とも愛する人とも。

五年を区切りに出してきた詩集、「街かど」「ひみつきち」今年はまた、五年の区切りです。ずっとこだわり続けていた出会いと別れ「さよなら」と「かたち」をテーマにした詩集をまとめたいと思っています。

これからも大切に、詩を抱え込んで生きていきたいと思います。

『少年詩論』五号

# 別れは小さな死

日経新聞夕刊、各界の名士がその時々の思いを綴る「明日への話題」というコラムがある。卒業式シーズンのある日、上智大学教授アルフォンス・デーケン氏の「別れは小さな死」という一文に出会った。
『一つひとつの別れの中で、自己の小さな一部分が死んでいく。私たちは他者との出会いの中で生かされているので、自己の一部は愛する人の中で生きているとも言える。だから、人と別れるときには、必然的に自己の一部もまた失われるわけだ。フランスのことわざにも、「別れは小さな死」という。こうした人生の別れの数々を耐え忍ばなければならない苦痛として、ネガティブにとらえる人もいれば、それを積極的に乗り越えるところに意義を見いだす人もいる。私はだれもが避けて通れない別れの体験を「小さな死」として受けとめ、やがて訪れる「大いなる死」の試練に備える貴重な機会とすることを勧めたいと思う』と、氏は語っている。

別れに対する思いを、私なりの方法で詩集にまとめていた時でもあり、響き合うものがあった。さっそく切り抜いて手帳にはさんだのではあったが……はて、私は別れの中で何を死なせてきたのだろうか、と考えたとき、他者との間に介在する相手、又は自分の、依頼心を死なせてきたような気がする。それは、私の意に反して、立場上そうせざるを得なくてそうしたもの、自から選んで断らきったもの、長い時間がかかったもの、早く通りすぎたもの、いろいろあるが、とにかく、その繰返しの中に、今の私がいる。ここまで考えてきてふと、依頼心を支え合うことでプラスにしていたら、別れではなく、共に生きる方を選べたのではないかと思ってしまう。それが出来なかったということは、自分をも含めた人間を信じられなかったからではないだろうか、私にはなにもできない、してあげられないという思い、自信のない自分がそうさせたのだろう。今回「さよなら咲かせて」の詩集をまとめてみて思うことは、自分を信じられない自分に別れを告げるための作業であったことに気がつく。生と死を考える会の主催者でもあり、キリスト教徒でもあるアルフォンス・デーケン氏の言う「大いなる死」とは最後通告、私の経てきた「小さな死」とは、質的にも比べ物にならないほどの重さがあるのでしょうけれど、私も又、「小さな死」を一つの試練と思っている。

『少年詩論』六号

## 少年詩と私

「自分を鍛えることのない詩は、つまらない気がする。たんに装飾だけのものはつまらない」という高村光太郎の言葉がある。詩を読んでいて感動したとき、どこに感動したのだろうと考えてみると、その詩が上手だとか下手だとかいう以前の問題として、どれだけ前向きの姿勢で真摯に生きているかということに感動しているのに気付きます。詩を書くということは、自分の生き方を模索することであって、詩を書くそのことが目的ではない、少なくとも、私にとってはそうです。では、よい少年詩は　ということになると、それは、読者の一人一人が決めることであり、差し出す方としては、ただ自分の思いを自分なりに差し出す他にはないことだと思います。もし読者が、深く心の襞まで入り込み、喜びや悲しみを共有したいのであれば、それにあった詩が、いい詩だと思うでしょうし、もし、キャッチボールでもするように、言葉と遊び、楽しみたいのなら、詩と遊べばいいし。何においてもそうですが、それを必要としない人にとっては、それはただのがらくたにしかすぎないということです。そう言ってしまうと、身もふたもありませんが、それは、それでもいいと思うのです。ただ、その中でも、詩として本当に素晴らしいものは、どんな人の心にも何かの形を残していくことと思います。そこで、私の好きな少年詩は、ということで考えてみました。大きな宇宙の中で、ほんのちっぽけな存在の自分を見つけ、そのちっぽけな自分の生命の大切さを気づかせてくれる詩、物事にある二面性、光と影、それらをすべてひっくるめた上で、なおかつ、その物、その人を肯定し、愛情を持てる心を含んだ詩。そんな少年詩を書きたいと思うし、読みたいと思います。

『少年詩に思う』銀の鈴社

# 奥秩父にて

五月の始め四五才にして始めた少林寺拳法の二日間の合宿で、奥秩父に出かけた。

池袋発の西武線の終点西武秩父駅で下車、タクシーに乗って二〇分ほど走る。

街中を通り抜け両側に桑畑のならぶ細い道をくねくねと回りはじめると、なんともいえない懐かしさを覚えた。と言っても、前にきたことがあるわけでもなし、この、ホッとするなつかしさは、なんなのだろうと思う。

多分、それは桑畑のせいなのではないだろうか。ひさしぶりに見る桑畑である。太平洋戦争も終わりに近いころ、私たち家族は、母の郷里の山梨県塩山市に疎開し、六畳一間の間借り生活をした。親戚に、お蚕さんを飼っている家があり、その廻りは一面桑畑、わたしたち子どもは、よく桑摘みを手伝った。そんな記憶から桑畑の並ぶこの町に、なつかしさをおぼえたのだろう。

私が小学校三年のとき、疎開先の塩山市から、荒川区の長屋へ引っ越してきた頃、食うや食わずの生活のなかで、ある日父が買ってきた鉢植えの大きな白いバラの花を、映画の一こまのように今でもはっきりと思い出すことができる。薄暗い裸電球の下で、直径十センチほどもあるその白いバラの花は誘蛾灯のように、部屋一杯に妖しく輝いていた。父は今日食べるお米がないときでさえ母の手からお金をひったくって遊びに行ってしまうような極道者だった。その父が買ってきた鉢植えの白いバラの花。結局その父のために、私たちこどもは、しばらく後にはそれぞれ、ばらばらに自活を始めるはめになるのだが……。父は我儘勝手に生きたわりには、よく気の付く細やかなところがあって、周りの人には好かれていたようである。人にいわせると、どこか憎みきれないところを持っていたらしい。洋服仕立ての腕のいい職人で戦前は浅草でたくさんの職人を使い、かなり大きく事業をしていたという。いまでもふっと思うことがある、そんな父にとって、あの真っ白なバラの花はなんだったのだろうと。

それぞれの人の引きずっている人生、生きざま、表面には見えない何か。人の各々に秘めている何かを見極めようとする私の変な習性は、そんな父によって芽生えさせられたような気がする。

生きざまといえば、私にはひとつの風景が思い浮かぶ。早春の奥鬼怒を歩いた時のこと、岩の腹を突き抜けて流れ出ている勢いのいい滝に出会った。水は長い歳月をかけて岩の形を崩し空洞をこしらえていったのだろう。

考えてみれば、人はとかく形を持ちたがる。というより自分の形を創るために日夜励む。そして、その形に到達したと思えたとき、こんどは、その形を崩すまいと守りの姿勢になっていく。一応の形を持ってしまうと、少しづつどうしても受身の姿勢になりやすい。それにひきかえ形のないものは、どんな形にも自分を造り変えることができる、流れようとする勢いさえあれば、どんなところへでも潜り込み自分の領域をひろげていく。

どちらの生き方を選ぶかは、その人の好みであり資質でもあるのだろう。が、私は流れる水でありたい。未来に向かう強い意志を原点に、雲のようにやわらかな自由を持ち続けたい。年甲斐もなく拳法をやってみようと思ったのも、存外そんなところにあったのかもしれない。

ここ秩父の、タクシーから見える風景は、山登りやハイキングの時に見る山や川とは趣きがちがう。ここには山に生きる人たちの暮らしがある。桑畑がつらなり、紫の桐の花が咲き、お墓の先には秩父巡礼の人々が巡る祠が点在している。ここには人の暮らしがある。自然と暮らしが溶け合った、なつかしい安らぎがあるように思えてくる。

めまぐるしく変わっていく世相のなかで、何故かここは、昔からあまり変わっていないのではないかというう思いがした。タクシーの運転手さんに尋ねてみると、変わったところといえば自動車道路がコンクリートになったことぐらいですね、という返事だった。やはり、そんな町だから人の心に安らぎと懐かしさを感じさせてくれるのだろう。そういえば、秩父連山は、厳しさのみではなく、ゆったりと人を迎えいれてくれた山々である。秩父の里は心やすらぐなつかしさを、私にあたえてくれた。

（初出「芸象79」１９９０年）

## 城ヶ島にて

房総の波の荒い外海をみなれていた私には城ヶ島の海や港は、箱庭のような気がしてならない。こぢんまりとひなびた小さな漁港、六月の空はそれらの小さな漁港を灰色に映しだしていた。

老境の島とでもいうのだろうか、すべてを通り過ぎてしまってエキスだけが残った、あるべくしてあるものばかり。自分のふところに抱え込めそうな島。北原白秋をはじめ多くの文学者が愛した島。

宿に行く坂道には両側一杯に、紫陽花の花が優雅に咲き誇っている。その中にあって額紫陽花の花ビラは、今も私の目の中で少女のようにヒラヒラ舞っている。昔、海の底だったという海辺の道。岩はみごとに波そのものの形を留めている、それを見届けて退いていった波は今、安堵のいろをみせてたゆたっている。そこに行き着くまでには、波の荒々しい激しさがあっただろうか。私はふと房総の荒々しい海を思った。自分からはみ出していくものを求めに、こんどは房総の海を見にいこうと。


（未発表１９８９年）

## 忘年会

今年もまた、忘年会の季節になりました。先日、詩の会の集まりのとき「いい詩を書きたいなー」と、つぶやくように言ったところ「いい詩を書くのは、簡単ですよ、いい生き方をすればいいのですから」と、いう返事が返って来ました。

ここの所、仕事が忙しい上、日常雑事に追われ、さらに環境も変わったこともあって、詩に向かう時間がないまま、過ごす日が多くなっていました。私の心から、大切に育んできた詩心が消えてしまうのでは、と、ちょっと不安に思ったりしていた所なのです。

「いい生き方をすればいいのです。」その言葉を聞いた途端、その通りだと思いうれしくなってしまいました、が……。

いい生き方とは、と考えた時、これもまた、むずかしいことでして、人それぞれ、価値観が違うように、いい生き方も、それぞれに違ってくるものなのでしょう。

そこで、私にとって、いい生き方とは、ということで考えて見ました。自分に正直に生きること、そして、等身大の夢を見ること。そんなふうに考えて見ました。それならば今までもそうして生きて来たような気がしますし、(時々、気負い過ぎて、はみでることもありましたが…)これからも、そうして生きて行かれそうな気がします。

忙しい思いをして出席した忘年会でしたが、やっぱり来てよかったなと、思いながら家路につきました。

(橋1987年)

## 青空と薔薇

マンションの十一階の窓から差込む冬の日差しは暖かく、遙かにビルの間から、朝日の昇るのをみるたびに、今、ここにいる自分を不思議に思うことがある。

三十数年前、初めてこの部屋を訪ねたとき私には三人の子供が居り、幸福な一人の母親であり、妻であった。その頃、保険の外交員をしていた姉に、独り者の男性を訪ねなければ成らないので、一緒に行ってと頼まれて訪ねたのがこの部屋だった。大きなサッシの窓には真っ青な空が拡がり、はるかに中空を横切る形で東海道新幹線が横浜方面に走っていた。高い空には羽田から飛立った飛行機が小さく見える。こんなに広々とした青空を見るのは久しぶりだった。若いころ新橋のオフィスビルに勤め先があった。そこから眺める真っ青な空は唯一こころを解放出来る場所だった。事務仕事の合間に目をあげれば、大きなガラス窓の向うには、真っ青な空が果てしもなく広がり、閉鎖的になりがちな自分の心を解放してくれたものだ。あのときの青空と同じだと思ったりした。縁とは不思議な物である。それから十数年後、すっかり記憶の底に沈んでいたあの青空の思い出を呼び覚す出来事に出会った。

その頃、私は離婚をして一人でアパートに住み数年が過ぎていた。夫は水商売を始め、一言ではとても話しきれない色々な事情があった。息子がアパートに私の少々の荷物を運んでくれた。姉の知り合いでもあり、私も何回か遭ったことのあるKさんが、自分の甥に私を紹介したいといっているがどうか、との姉からの薦めがあった。なんと、その人が今の連れ合いであり、あの青空の部屋の持ち主でもあったのだ。私四十九才、彼四十一才の時であった。あれから月日は、あっと云う間に過ぎ、いま、二人で青空を眺めている。

ある日、二人で深大寺に薔薇の花を見に行くことにした。あいにく外は土砂降りの雨。天気予報では雷もあるとか。でも昼頃には雨もやむとのこと。とにかく雨が降ろうが槍が降ろうが、出かけてみようと言うことになった。

五反田から新宿に出て京王線にのり、調布で下車したのが九時ちょっと過ぎ。降りてみればなんのことはない。土砂降りの雨。おまけに嵐のような南風、哀れな傘が骨だけになって道に捨てられていた。とても傘を差せる状態ではない。用意してきたヤッケをリュックから出して二人で羽織る。バスで行こうかと言う連れ合いの言葉を遮って、私は歩いて行こうとがんばるが、いざ歩き始めるとかなりの降りになってきた。こんな日に歩くのもまた楽しいものと決め込んで、甲州街道を左に折れ葉っぱだけの桜並木を歩く。足下には、強風で折れた小枝がいっぱい散らばっている。電気通信大学を右に見て東京三菱自動車の交差点を左に曲がり高い塀に囲まれた道を雨に濡れながら、それでも楽しく歩く。ドクダミの花が咲いている。赤い蛇イチゴも。風でたくさん落ちている松ぼっくりをひろう。雨を吸い込んで重い。北多摩病院の門の前には野菜の直売所があった。途中ガラスの欠けた窓が目に付いた。どうやら強風で看板が落ちたようだ。植物園行きのバスが何台か通りすぎて行くが、どちらもバスに乗ろうとは言わない。そんなところも気の合う二人である。
神代植物園にやっとたどり着く。この雨の中にもかかわらず十人ほどの先客がいた。とにかく　五百円也の入場券を買い、係りの人に小枝が折れやすいので気をつけてと声をかけられながら、まずは屋根のあるところ、熱帯植物園にかけ込んだ。雨も小降りになったのを見計らって、今日の目的であるバラ園へとむかった。強風に耐え露を含んだ色とりどりの大輪のバラは、それはそれは美しかった。ひとひらひとひらの花びらが、ひとひらひとひらの言葉になって、私の心を染めていった。

（漪20号）２００５年

## 小さな朗読会

三年ほど前から小さな朗読会をしてきました。一人だったり、詩人と一緒だったり、音楽家と一緒だったりしながら。十数人で一杯になる小さなケーキやさんで、毎月一回友人に推められて始めたのがはじまりでした。声に出して詩を読むことは好きなのですが、気が小さく社交性もなく人前にでるのが苦手な私です。人前で朗読すると緊張して手が震える私です。でも、詩心がどこかへ行ってしまったような気がして、不安に思っていたときでもあり、頑張って朗読を続けてみようと思いました。私がそう決めたのは、これからの自分の生き方を探したかったのかも知れません。若い頃、私は自分を十分に生きていなかったような気がします。というより、生きたいと思う自分が居なかったのかも知れません。私にとって今まで生きてきた現実は夢、幻だったのだろうか。ふとそんなことを考える時があります。だから私はいつもふわふわと宙に浮いている感じがするのだろうか。

　確かに家庭の事情もあり起伏の激しい生活ではあったのだが、生きている過程で何か現実感がないのです。私は日常をどこかに置いてきてしまったのだろうか。私にはじめから私の中にそんなものはなかったのか。私についてまわる喪失感。それっていったい何なのだろうと思います。私にはいつも何かと強く結ばれているという感覚がないのです。

　確かに今は「愛」という結び目はあるのですが、結び目だけが突き出ていて紐が見えないのです。その結び目が私にとっては「詩」なのだろうかと思ってみたりもします。だとしたら、私は自分の「詩」を朗読しながら過去を辿ろうとしているのだろうか。そして見えない結び目を解こうとしているのだろうか。そんな事を考えました。ともあれ、今は、朗読の難しさにも気がつき、一時遠くへ行ってしまいそうに思えた詩心も少し戻ってきたような気がするこの頃です。

（ｓｏｍｅｔｈｉｎｇ　３）

## 尺八

　尺八とは縁のない生活をしていた私が、尺八を習い始めて一年八ヶ月になる。初めの半年間は全然音がでなかった。そもそも尺八を習いはじめたきっかけは、「軍隊を捨てた国コスタリカに学び平和をつくる会」有志主催の、柴又帝釈天での初詣での日、そこで初めてお会いした牧師さんでもある橋本左内さんの尺八の音に魅せられてからである。民謡尺八小路流の東京関東支部を立ち上げるとの話を伺い「めくら蛇に怖じず」とはよく云ったもので、その場で数人の人と共にお仲間に入れて頂いたのである。

　尺八といえば、ずいぶん昔、一七、八歳のころ、河口湖の確か平和友好祭の集いの日の夜だと思う、どこからともなく聞こえてきた尺八の音に聞き入った覚えがある、忘れられない音色で在った。その後、夢の中にさえ朗々と響く尺八の音が現れたほどである。そんなことも記憶の底に忘れ去られていたのであるが。還暦も過ぎた今まさかその尺八を手にすることになろうとは、それこそ夢にもおもわなかったのである。民謡とも楽器とも縁のない私が、和楽器の中でも難しいといわれる尺八を生まれて初めて手にするのであるから、無謀なことである。一本の竹の筒、そこから流れる音色は吹く人の息遣いによって、せつなく、細く、太く、高く、低く、まるで心根を映すかのように響くのである。人の声がそれぞれ違うように尺八の音も人によって違う音色を響かせるのであるという。なんとも魅力的な和楽器である。

（2005年）

# 詩人論・作品論

# はねかえる力
## ――江口あけみの詩を読んで――

**中原道夫**

江口あけみによく言うことがある。「文学は人間の生き様を書くのだから、きれいごとを書くな。とくに〈子どもの詩〉は、教訓的になったり、お話的になりがちだから気をつける」の二点である。江口もそこのところはよく解っているらしく、少し古いが「自分を鍛えることのない詩は、つまらない気がする。たんに装飾だけのものはつまらない」という高村光太郎の言葉を引用して、詩を書くことは、自分の生き方を模索することだと言っている。（少年詩と私）

指からすべりおち
鋭どい破片になった皿よ
お前は
歓喜の声をあげたのか

洗剤でみがきあげているとき
ツルリとすべりおち
私の指からのがれようとしたことも
一度や二度ではない

魚や野菜を盛りつけるとき
藤色をしたお前のもようが
不満げに青く光るのを見たこともある

鋭どい破片になって
私を見上げる皿よ

ずっしりとしたその重さのぶんだけ
ことばは　あったのだ
さけびはあったのだ

（皿）

皿は江口自身であるのだろうか。詩人は、盛りつけられた皿が不満げに青く光るのを見たことがあると言う。だから破片になって、囚われの身から解放される皿に「お前は歓喜の声をあげたのか」と思わず声を掛けてしまうのだ。「割れて可哀想」や、「ごめんね」では、つまらないのっぺらぼうな子どもの詩で終ってしまう。この視点こそ、文学としての子どもの詩を書こうとする江口の詩人としての姿勢なのだ。

「薄暗い裸電球の下で、直径十センチほどもあるその白いバラの花は誘蛾灯のように、部屋一杯に妖しく輝いていた。父は今日食べるお米がないときでさえ母の手からお金をひったくって遊びに行ってしまうような極道者だった。その父が買ってきた鉢植えの白いバラの花」（奥秩父にて）

江口は幼い頃の回想の中で、父親のことをこんなふうに書いているが、もしかしたら、この仕立て職人の極道者の父親は詩人ではなかったかとぼくは思うのだ。そして妖しく輝いていたバラは正《まさ》しく詩であった。不思議なことに、江口は父親のことを悪くは言っていない。

なげこまれては　突きあげて
なげこまれては　つきあげて
水面に顔を出す

水面にただよいながら
日がな一日
〝のんきそうね〟などといわれながら
〝そうね〟などと笑いながら
流されている

　浮子よ
深い水底へ　落ちつづけて
おちつづけて
確かめてみたくはないか

自分とちがう自分を
（浮子）

江口の苦労は子どものときだけでない。結婚してからも、ひとときの幸せはあったとしても苦難の道であった。夫は水商売を始め、家へは帰ってこなかった。家には四人の息子と、夫の両親、江口は建設会社の事務員をしながらガンバッていたが、「夫が家へ戻らないのは、嫁が悪いからだ」という両親の態度に離婚を決意する。ぼくも当時いろいろ相談を受けたが、家も財産もすべて捨ててさよならをするという決意は固かった。

「わたし、お金よりも、文学をする自由が欲しいの、自分が欲しいの」という江口に、ぼくは驚いた。「皿の歓喜」の声は、江口自身の喜びの声でもあったのだ。

カリッ
りんごをかじる
はねかえってくる力
私はりんごよ
私はりんごよ
って、いっているみたい

だから
りんごをかじりながら
私はいってあげるの
りんごみたいな女の子よ、って
（りんご）

「りんご」は江口そのものであるだろう。一見自己主張のない、しかもナイーブな果物である。けれど、りんごをかじれば、はねかえってくる力がある。その力、そのエネルギーを江口は自分と重ねてみる。「私はりんご」なのだと。

江口は離婚後、東武東上線沿線の安アパートで一人で暮らすことになる。いまのご夫君と知りあう前の数年間である。ときどき一番下の息子さんと会ったりはしていたようだが、江口はそういう状況の中でも情に流されない強さを持っていた。そして、自分を押しつぶそうとする社会にさえ愚痴一つ言うこともなかった。

姉はよく買ってきた
店先にならべられたひと山の
腐りかけた果物を
〃ほら、食べてごらん腐りかけたときが
　甘くて一番おいしいのよ〃

私は黙って見つめていた
黒ずんだ果物を
毎日米代にことかく日々の中で
兄弟四人で分けあう貴重な果物

押しつぶされていく人間に
より人間らしさを感じるのは
腐りかけているからなのだろうか

ほら！

明日は　姉の二十三回忌
新鮮な果物を供えよう

（果物）

情に流されない強さは、逆に真実を真実とみる眼を持つことである。「押しつぶされていく人間に／より人間らしさを感じる」のは、たんなるヒューマニズムだけの問題ではないだろう。江口自身が押しつぶされているゆえに見えてきたものなのだ。江口の詩作の出発点はそこにある。

江口の詩を大きく分けると、三つに分類されると思う。その一は、いままで述べてきたような江口の厳しい人生体験から生まれたものであり、その二は、逆にそれらの悲惨な人生体験から江口が積極的に抜け出し、純粋に「子どもの世界」に入り込もうと意図したものである。

すっぽんぽんの　アッくん
にげてくる
パンツ　はくの　いやだって

ほら！
おしゃまな　ゆきちゃん
かけてくる

あたし　オサカナ　たべないの

五がつの　かぜが
タンスとタンスの
ほそーい　すきまを
ふきぬける

ママのはいれない　ひみつきち

（ひみつきち）

これは、江口自身のひみつきちであるかもしれないが、紛いのない子どもだけの領域である。江口の構築した子どもの世界である。ここには、教訓的なお説教も、道徳的なあつかましいお話もない。実に楽しいママの入れない　ひみつきちである。

いくちゃんが
てるてるぼうず　つくったの
あした
げんきに　あそべるように
あしたは　てんきに　なるように

あまがえるさん
ふるふるぼうず　つくったの
あしたげんきに　あそべるように
あしたも
ざんざか　ふるように

（てるてるぼうず）

雨が止むようにと、てるてるぼうずを作ったり、作らされたりした経験はだれしもが持つことだが、それは、ほんらい子ども自身の発想ではなく、大人によって習慣化された行為の一つであろう。それは、それでいい。親と子が一体となっての微笑ましい願いであるのだから。けれど、透明な詩人の心は、そのとき、常識化された思念を乗り越え、「あまがえる」の立場で、雨を思考するのだ。この発想こそ、ものごとにとらわれることのない子どもの純粋な、と言っていい心の動きであるだろう。どだい、人間が万物に卓越するという考え自体が間違いなのだ。事実、幼い子どもたちは、石と話をし、花と心を通じあい、風と遊んでいるではないか。

わたしは
顔だけになって
空に　浮いています

わたしの自由に
ならない

わたしの身体は
地球に
おいてきました

（風船）

この作品は、江口作品の分類から言えば、その二よりも、その一に入るものかも知れないが、自分自身の悲惨な体験を、巧みに言葉に置き換え形象化している。これは、大人の詩（現代詩）でも、子どもの詩でも同じことだが、詩は経験から生まれるものでなければならない。もちろん経験や日常を羅列したものは詩とは言わない。金子みすゞの詩が人口に膾炙されるのは、みすゞの感性が別格なものだとしても、その底に流れるみすゞの人生があるからであろう。江口も同じであって、表面はさらっと流しているようで、その裏側には深い人生の傷跡が隠されている。

岩の形をよく見ると
波の形をしています

自分を残しておけない
波の
いらだつ心の
形

（波）

「いらだつ心の形」とは詩人にとって詩そのものと言ってよいだろうが、波のように揺れ動くものである。それを言葉に定着させたい。江口にとってそれは「子どもの詩」でも「大人の詩」でもない。ぼくは、かつて詩論集『続・いま一度詩の心を』の中で、金子みすゞを例に上げ、「子どもの詩」は、たんなる「子どもの詩」であるだけでなく、表現方法の一つのジャンルとして捉えられるものでなければならないという論考を展開させたが、いま江口は、「子どもの詩」と「現代詩」をドッキングさせることによる新しい詩の方向性を探っているのではないかと思う。それが江口詩の分類その三ということになる。

毎日、箱をつくっています
和菓子を入れる箱
ケーキを入れる箱
それが私の仕事です
中身がなくなれば
ポイッと捨てられてしまう箱です
でも　それが
私の仕事です

昨夜、夢を見ました
箱が出来上がったのです
私を入れる箱が
ハートの形を縁取った
夢を詰め込む
茜色の箱です

ところが
どこを探しても

入るはずの
私がいないのです

（箱）

文明社会がつくる箱、それは使用ずみになれば、ポイッと捨てられてしまう箱である。だから夢を詰め込む箱をつくるのだ。けれど、箱ができ上がったときにそこに入るはずの私がいないというアイロニー。これは現代社会における自己喪失を描いたものなのだろうが、「子どもの詩」の形を借りた「現代詩」である。

あの
空にだって
人に知られたくない
凹みがあるんだ
—きっと—

あの
雲だって
あるとき　ふっと
空の凹みに
おちこんでしまうときがあるんだ
—きっと

そんなときなんだ
空が　あんなに燃えるのは
雲が　あんなに光るのは

（朝やけ）

人間だれしも人に知られたくない悩みや苦しみを持っているものである。江口は、あの燦々と輝く空だって凹みを持っていると言う。そして空があんなに燃えるのはそのためだと言う。R・M・リルケは「悲しみを浪費するな」と言っているが、それは悲しみにこそ人間の本体に迫る手がかりがあるからである。江口の過去の貴重な人生の体験が、江口詩に充分に生かされて、強く美しく燃え上がることを祈念してやまない。

（日本詩人クラブ常任理事）

# 多様な詩の試み
## ――ジグザグな歩み――

菊永　謙

1

江口あけみは現実を直視することも、また夢見ることも、両方とも出来る詩人である。言葉を替えて言えば、自由自在に自らの心の傾きや内なる振れを表わすことの出来る詩人と言っていいように思う。

ある一定の年齢に至ると、多くの詩の書き手たちが、ある決まった見方や発想、さらには表現のパターン化で詩を書き続けるケースが多くなる。そんななかにあっても、江口あけみは、未だに詩作の振幅が大きいように見える。彼女はさまざまな人生の感触を味わって、人生を楽しみ、また嘆いてみせる。自分のその時々の生き方や心持ちに正直に生きようとしている。過去に捉われず、今の感情や自らが求めてやまない思いを一途に追求している。そんな彼女は、生き方そのものが輝いてみえる。ただ、その反動として、一つの思いが途切れた時や信じていた関係がくずれた時などの傷付きは相当なものであろうと思われる。ただ、彼女はそれほど柔な筈でもなく、したたかに別の生き方をしぶとく見せてくれたりもしている。彼女は短いエッセーのなかで繰りかえし、別れや滅びについて語っている。たとえば、「人は皆『さよなら』と、隣り合わせに生きているのではないでしょうか。形あるものは必ず滅びるという（中略）その思いはずっと私の心にはりついて」いると語っている。そんな人生の一つの真実は誰にも等しくあるのに、彼女がこう記すとまさしく彼女にふさわしいと思えてくる。それ程に彼女にはさまざまな感情がうずまいているように思えてくる。人知れず、苦さや塩っぱさ、いらだちを味わいつつも、にこやかにほほえみ返している姿が浮んでくる。彼女の詩行には、相反する思いが、それとはなしに表現されているようである。

江口あけみの青春と詩的な出発を物語る詩集『街かど』（けやき書房）には、振れ動く自画像をいくつか見い出すことができる。たとえば「風景」という作品を引いてみよう。

風景

走り去る
窓の外は
緑

溶けていく
私のからだは

風と
緑との
一瞬の出会い

青春の季節にあって誰しもが思い味わう心情の表現とも言えるが、終行部の一瞬の出会いの交差は、よく思いが伝わってくる。江口あけみの詩の大きなテーマである「出会いと別れ」が、くっきりと初期の詩行に表われている一つの証しと言えようか。この詩行と照応し合うもう一つの原像として、私たちは作品「街角にて」を読むことが出来るだろう。詩行の部分を引いておこう。

あの日
どしゃぶりの雨のなかを
どこまでも　どこまでも
歩き続けた

死んだ街
すててきた顔
思い出の街

つつみこむ光を追いはらいながら
雑踏する
つぎの街角に急ぐ私

江口あけみの走り抜けた街角、青春の痛々しさや少し突っぱった開き直りさえも、この詩行から感受することができよう。〈死んだ街／すててきた顔／思い出の街〉。この魅力的な詩行に、彼女の詩的出発があざやかに見い出せる。さらに、走り抜けて〈つぎの街角に急ぐ〉ほかなかった彼女の思春期から青春期の陰と陽ふたつの自画像をぼんやりと思い浮べてみる。そこには、彼女が生きた戦後の一つの時代風景が遠く見えてくる。私たちは「果物」「流れる街」「ひがん花」さらには、作品「くさりのように」「ばら」などに、家族と共に生きた時間を見い出すことができる。それは決して彼女一人の生ではなしに、時代の多くの若者たちの生き方の表現でもあったように見える。詩の巧みさよりも、言葉そのものに生きている時間がにじみ出ているのを、私たちは見い出すことができようか。彼女にとって、詩が暮らしの中での応援歌であり、一つの証しとして生き方の鏡としてあったと言えようか。いくつかのエッセーも、その事実を物語っていると言える。

2

青春のざらつきを歌っていた娘が、やがて「少年詩」とか、「童詩」「童謡」とかに出会って、他者に向けて言葉を見つめ始める。彼女にとって『子ども世界』の詩友との出会いは、実に大きな財産となっているに違いない。詩集『ひみつきち』（けやき書房）に所収されている作品群は、客観的に自らの生き方を見つめ、子どもに、そして大人にその思いを伝えようとしている。たとえば作品「五月」において、青春の表現は、〈若葉　青葉の　山頂で／いま　わたし／五月の風にむせています〉と相当に客観化されて詩行化されているのを覚える。風景のなかの私が、くっきりと読み手に手渡されている。作品の内実は、詩集『街かど』とさほど離れている訳ではないが……。その風景化される「私」が、ひとつの詩としてリアリティを持ち始めるのは、作品「それぞれに」や「朝やけ」においてであろう。

朝やけ

八ケ岳の空が　もえている
雲が　あんなに光っている

あの
空にだって
人に知られたくない
凹みがあるんだ
―きっと―

あの
雲だって
あるとき　ふっと
空の凹みに
おちこんでしまうときがあるんだ
―きっと―

そんなときなんだ
空が　あんなに燃《も》えるのは
雲が　あんなに光るのは

告白ではなく、叫びだけではなしに、「表現」へと一歩足を踏み出している江口あけみを、作品「それぞれに」や「朝やけ」に見い出すことができるだろう。〈人に知られたくない／凹みがあるんだ〉。人にはそれぞれに凹みが存在すると思い至った時に、詩はひとつの風景として遠近の距離と読み手の心のスクリーンを入手している。

江口あけみは、「童詩・童謡研究会」さらには「少年詩論研究会」や「日本少年詩朗読会」にて多くの仲間の詩人たちと出会い、表現について、子どもという読者の存在についてさまざまに学んでいったのだろうと遠望することが出来ようか。その時期の苦労した果実たちが、詩集『さよなら咲かせて』（かど創房）や詩画集『角円線辺曲』（かど創房）の試みと言えようか。

人生の歩みのなかで、さまざまな感触や味わいを持った彼女が、その感情にひとつひとつ形を与えようとして苦労している姿を見い出すことが出来る。詩の新しい形姿を見つけて言葉の不思議に出会っている彼女を、私たちは見い出すことが出来よう。私が心ひかれる作品は比喩化の巧みな次の詩群である。作品「のり」「ホチキス」「さよならⅣ」「さよならⅤ」「さよならⅦ」などである。心ひかれる作品を一つ引く。

すくいあげるそばから
こぼれおちていくさよなら
ひきとめることのできない
さよならを
いくつもいくつもみおくって
それでも
なお
さよならをくりかえす
わたしとあなた
あなたとわたし
さよなら　と　さよなら

今ひとつ心に掛かる作品をあげるならば、作品「菜の花」における風といっしょにおどる三月か四月の野の風景化である。まっ青な空は友だちと語って、風景に溶け込んでいる「私」が描かれている。一方において、作品「白い夏」における線路脇におけるざわめく雑草の描写がある。雑草をなぎたおし走る電車とからだを大きく波うたせてすっくと立ちあがる雑草の対比。誰かの俳句ではないが、機罐車の大きな車輪と小さな草花の組み合せの妙。白い夏の日射しのなかの雑草のしたたかさを描く江口あけみ。この詩人は、ひとつの風景のなかにアンビバレンツな思いを想起し、それぞれの思いの光景化を言葉で試み、味わいある世界を読み手に手渡すまでに大きな変容をみせていると言えよう。詩人は、少しずつ成長し深みを増していく。

詩画集『角円線辺曲』において、「平行線」「球」「円錐」「三角柱」などに心ひかれる。それぞれの形姿からのイメージ化なのだが、この詩法のむずかしさは皆それぞれが共通して感じるイメージ類推から、たった一人の独自な感性とをどう結び付けるかの部分であろうか。前記の作品には、江口あけみなりの味付けがなされているように私には思われる。

3

最も新しい詩集『風の匂い』(てらいんく)には、いくつかの詩の流れがあるように見える。まずは、〈もの〉たちが持ついくつかの見知らぬ表情たち。ユーモラスだったり、冷ややかだったり、意外だったりする〈もの〉たちのある一瞬を描く。江口あけみは、日常の出来事や気付きを、それぞれの形の詩に書き分け、いくつかの世界を変幻して見せてくれる。彼女は身構えて詩を創ろうとはしていない。日々の生活の続きとして、流れのなかで自ずとして、彼女らしい詩の世界を形成していく。詩集『風の匂い』にあって、例えば、〈グラス〉の持つ慄き、〈千枚通し〉の激しさ、〈スプーン〉の温かさ。それらは、私たち人間の日々の感情や切ない現実の表現に他ならない。

作品「グッピー」ほかにおいては、いろいろなしぐさや華やかな舞いや表情を見せる熱帯魚たち。そのきらめきがあざやかに描かれていよう。人伝てに耳にしたところでは、熱帯魚はすてきな連れ合いのご趣味とか……。幸せな家庭生活の一こまも詩行にして見せる詩人のしたたかさや心のはなやぎを見い出して彼女の長い人生の歩みを遠くから眺め見る。ひとの人生の歩みには、ひとには言えない波風やおだやかな日和がそれぞれに繰り返されているらしいのに、ようやく気付かされる。

もう一方において、江口あけみのシリアスな作品群もまた、強い印象を与える。例えば、「帰り道」のおじさんの澄んだ目を描くリアリティ、また、この時代の世相の一こまとしての視線にも、私は心ひかれる。作品「日記」における遠い過去の日々の少女への切ない向き合い、「くらげ」におけるユーモラスな人間批評、少しそっぽを向きつつも孤独な内面と向き合う「ぼくひとり」なども魅力的な作品と言えようか。

もう一つの流れは、少女から娘へと変容していく日日を描く「夕焼け」「シーソー」「証」「おどる」「桜」なども、江口あけみの新しい魅力と言えるかも知れない。子ども向けの詩ではないと思うが、とりわけ作品「桜」は味わいの深い詩篇。詩の部分を引く。

老いるほど
激《はげ》しく咲《さ》くという
桜
黒々とつづく
象の足のような桜並木《なみき》

散り積もった花の下
這《は》いつくばった根が
限《かぎ》りなく
根別れくり返し
闇《やみ》の中でうごめき

長い間、詩を書き続けた人だけが出会える言葉の息づかいが、よく伝わってくる詩篇のように思われる。最初期の詩行と読みくらべれば、彼女もかなり遠くまで詩の時間を歩み巡って経過しているのが解かるであろう。また、詩集にあってなつかしい少年少女期へと誘う「水あめ」や「証」や下町情緒の味わいを持つ「帳は夏の」なども捨てがたく、彼女の広い詩域を物語る。詩集『風の匂い』には、いくつにも変容する多彩な彼女の心情のハレーションが見てとれる。星野留美の質感豊かな木版画のやわらかな色合いと江口あけみの心の彩りが溶け合って、味わいのある詩画集となっていよう。多様な詩の試みがここにはある。

江口あけみは、三十余年にわたって「出会いと別れ」を大きなテーマにして、その時々の詩法を入手しながら詩作して来たように思う。詩を飾ざりとしてではなく、自らの生き方そのものとして向き合って来たと言えようか。弱さや痛み、うつむきや投げやり、したたかさと開き直りなどもまじえて、詩と共に人生を歩んできたと言えるであろう。江口あけみの詩の世界を語るには、歌の世界や朗読の試みなどについても記さねばならないのだが……。もはや、その余裕もなくなった。エッセーなどに読み手はその周辺も読み取って頂きたく思う。これから先も、ますます深みを増し、彼女は自分らしさを求めて詩を書き続けていくだろう。彼女は若き日に歩き急いだ街角を、もう一度ゆっくりと眺めまわし、また見知らぬ街角を私たちに手渡してくれるだろうと思う。彼女の次の一歩を、街角を、私も遠くから眺めて行きたいと思う。

（詩人・児童文学評論家）

# こころ

のぞきこまれると
はずかしくなって
ばたんとしめてしまう
わたしのこころ。

ひとが
とおくいってしまうと
さびしくなって
うつむいてしまう
わたしのこころ。

ふみつけて　ふみつけて
笑いとばしてみたい
わたしのこころ。

# すてきな　めろでぃー

江口あけみ　作詩
出田敬三　作曲

ひまわり
詩 江口あけみ
曲 岡田京子
ひまわりひまわり恋するひまわりお日
さまのいろだね ひまわりのは「なひまわりひま
わりくるくるまわる ひまわりひまわり
くるくるまわる

すてきな　めろでぃー

江口あけみ　作詩
出田敬三　作曲

おんぷの　あかちゃん
5せんのうえを
たんけん　たんけん
さかだちしたり
ぴょんぴょん　はねたり
あらら
はねがついたのね
てんしみたいよ

おんぷの　あかちゃん
5せんのうえを
ないてく　なきむし
どうしたの
かなしいことがあったのね
あらら
なみだが　ぽろりん
しずくになったの

おんぷの　あかちゃん
5せんのうえで
こっくり　こっくり
ねむたそう
ころころころころころ
あらら
くろい　ちいさな
ほくろになったの

おんぷの　あかちゃん
5せんのうえに
あつまれ　あつまれ
すきっぷ
すてっぷ　ラ　ラ　ラ
あらら
すてきな　めろでぃー
ラ　ラ　ラ　ラ

## 主な著作

詩集「街かど」1883年　けやき書房
詩集「ひみつきち」1988年　けやき書房
詩集「さよなら咲かせて」1993年　かど創房
詩画集「角円線辺曲」1999年　かど創房
詩集「風の匂い」2,004年　てらいんく

音読詩集
『ひばり』光文書院、『ことばのアルバム１』日本標準　「てるてるぼうず」収録
『あくしゅ』文溪堂、『ことばのアルバム２』日本標準　「風」収録

『小学生理科4年上』学校図書、巻頭詩「雲」収録
群馬県国民文化祭記念行事「現代少年、少女詩童謡展」に「朝やけ」出品

アンソロジー
「しあわせってなんだろう」児童文化の会、童詩童謡研究会編・けやき書房
「おはなし愛の学校」岩崎書店
「詩の鑑賞指導ガイドブック」、「中学生のための詩の創作」、「教科書に出てくる・詩のわかる本6年生」畑島喜久生編著・国土社
「こどもといっしょに読みたい詩」小林信次、水内喜久雄編著・あゆみ出版
「教室で読みたい詩12ヶ月」「保育園、幼稚園で読みたい詩」水内喜久雄編著・民衆社
「輝けいのちの詩」「いまきみにいのちの詩を」水内喜久雄編著・小学館
「いま中学生に贈りたい70の詩」木坂涼、水内喜久雄編著
「いま小学生と読みたい70の詩」「こどもといっしょに読みたい詩100」水内喜久雄編著・たんぽぽ出版
「元気がでる詩」伊藤英治編・理論社
「詩はうちゅう2年」「詩は宇宙3年」「詩はうちゅう4年」水内喜久雄編・ポプラ社
「新、詩のランドセル」江口季好、小野寺寛、菊永謙、吉田定一編・らくだ出版　その他

2001年　藤野芸術の家にて、酒井ゆき（歌）井口史郎（ピアノ）江口あけみ（詩、朗読）で共演。

2002年　品川六行会ホールにて渡辺陽子構成アレンジにて「品川こども劇場六行会チルドレンフェステバル」ライアーコンサート自作詩朗読。

2003年　作曲家岡田京子と「詩のワークショップ、詩を通じて心をほぐす」旗の台文化センターにて。

2004年　堀尾陽子、床嶋まちこ、竹嶋弘、等の協力を得て大塚のケーキやさん「パティスリー２２８」で月一回の朗読会。

2005年　岡田京子の演奏にのせて、「5月のエチュード」。小野寺武男のギターコンサート、町屋アクト21ホールにて。

2005年　松島よしお・小林満構成「ポエム＆ソングス」加藤丈夫と開催。

現在、児童文学者協会会員、日本詩人クラブ会員、少年詩誌「おりおん」同人、現代詩誌「漪」同人。

# 詩人の歩み

## 江口あけみ（えぐち）

1943年3月　東京台東区に生まれる。

1978年　早船ちよ、井野川潔主宰の「児童文化の会、童詩童謡研究会」を知り、毎月自作を持ち寄る。けやき書房の月刊「子ども世界」に作品を発表する。

1988年　詩集「ひみつきち」により子ども世界「童詩童謡新人賞」受賞。

1989年　児童文学者協会主催の詩論研究会を知る。年一回発行の「詩とエッセイ、少年詩論」に参加する。児童文学者協会入会。「おりおん」同人となる。

1989年　安在孝夫（絵）季刊詩集「ふたあり」たかはしけいこと創刊。

1990年　「日本童謡協会」入会、2002年退会。「いちょうの葉」（川上薫子曲）、「すてきな、めろでぃ」（出田敬三曲）等、「新しい童謡集」CDに収められる。詩とエッセイ現代詩誌、「閃」同人となる。

1991年　ひとりミニ詩集「あ」を年2回、新年と暑中見舞いの挨拶として続ける。ギタリスト小野寺武男と「詩の朗読とギターのコンサート」を町屋文化会館で開催。

1993年　門倉さとしの詩画展にて作曲家神野和弘に出会い、新宿の歌声喫茶「灯」での「歌と詩の朗読のコンサート」に、参加。

1996年　中原道夫主宰現代詩誌創刊号「漪」同人となる。

1998年　「声に出す詩の会」加藤丈夫と共宰。寄居町鉢形お伽座劇場にて。

2000年　シンガーソングライター松島よしおの企画構成で、歌と朗読「江口あけみ詩の世界ポエム＆ソング」を高円寺会館で開催。

現代児童文学詩人選集　4

# 江口あけみ詩集

発行日　二〇〇七年二月十日　初版第一刷発行
著　者　江口あけみ
装　画　星野留美
発行者　佐相美佐枝
発行所　株式会社てらいんく
〒二一五-〇〇〇七　川崎市麻生区向原三-一四-七
TEL　〇四四-九五三-一八二八
FAX　〇四四-九五九-一八〇三
振替　〇〇二五〇-〇-八五四七二
印刷所　光陽メディア
 ISBN978-4-86261-005-8 C8392